タイムス文芸叢書
005

バッドデイ

黒ひょう

沖縄タイムス社

もくじ

第41回新沖縄文学賞受賞作

バッドデイ

あたしがそのオジーを見つけたのは、四年付き合っていた大好きな恋人に、突然フラれた日の翌日のことだった。夜通し泣いたせいか、その日はいつもより、しくしくと太陽光が目に染みる、真夏の、真昼の日曜日だった。オジーはあたしのアパートの、指定の駐車場にとめてあるピンクの軽自動車の下に、まるで自動車の整備士が作業中かのごとく仰向けに頭をつっこんだまま堂々と眠り込んでいた。あたしはそれを、昨夜の失恋のショックによる思考回路のショート、幻想だろうと受け止めた。数分間、たちすくんだまま様子をうかがっていたが、その幻想はかなりリアルなものだった。服装から見て男性の、あたりに響く蝉の鳴き声に負けないくらいの豪快ないびきが、あたしを現実に引き戻した。

二十七歳という年齢は、女にとっては結婚を意識しはじめる時期だし、それよりもなによりも恋人との交際は、とても順調にいっていると思っていた。恋人は三歳年上の銀行員で、名をタカシといい、顔も、身長も、社会的地位や役職もすべて、優・良・可の、良のプラスといった男だった。考えてみれば交際中の四年間、二度の浮気をのぞけば、みなに堂々と自慢できる素敵な恋人であった。

「好きな人ができたから、別れてくれないか」

北谷のおしゃれなカフェレストランが、ふたりの終わりの場所だとは想像もつかなかった。タカシの声色から推測して、それは相談ではなくただの報告だった。優柔不断な彼にはめずらしい芯の太い声、淡白な口調。あたしは突然のことに放心状態。飲み込んだ豚肉の塊がのどにつまりそうになった。ぼうぜんとするあたしの、拒否したとも了承したともいえぬ態度に、タカシは「そんなわけだから」とひと言だけ残してレストランからスタスタと出ていってしまった。

「いや、どんなわけなのよ」

入店後わずか三十分足らずの出来事は、一瞬のようでもあり、ちまちまと進むコマ送りのようにも感じられた。あたしは呆けながらも、わずかに動く脳を駆使し、このままではあまりにも自分が不憫でならないし、このままではなにもかもが納得できない、と思った。こういうとき、女はどういう言動をとるべき？

泣く？

わめく？

すがる？

それとも、こらえて凛とたたずむべきか。

はたまた理解ある女性として別れを素直に受け止めるべきか。

いや、すべてちがう。

ぎゅっと握ったこぶしがぶるぶると震えた。驚き、戸惑い、悲しみ、怒り。すべてがこぶしのなかで今にも暴れだしそうだった。いろんな感情が入り混じる中、彼への愛情がすこしでも残っているかなんて、そのときのあたしには実感できる余裕なんてミジンコほどもなかった。

どこのだれだかわからないけれど、車から足がはみ出ていなかったら、轢き殺していているところだ。あたしはひざをつき、自分の車の下で眠り込んでいる生き物へ声をかけてみた。

「ちょっと、起きてください、大丈夫ですか?」

この炎天下でよく寝ていられるものだ。両手で足をゆすってみると、その生き物は「ぐわ」とひとつ、鼻を鳴らして目を覚ました。

「なにごとか?」

顔は良く見えないが声から察するに、男性の、しかもお年寄りのようである。それにしても人の車の下にもぐりこんで「なにごとか」は、ないだろうに。

「あの、おじいさん、すみませんけど、どいてもらえますか。車が出せなくて困っているんですけれど」

事情をわかりやすく説明してやると、年老いた生き物は、時間をたっぷりかけながら、のそのそと車の下から這い出してきた。推測どおり、かなり年配の男性だった。ほっそりとした面長の顔に、真っ白な髪。八十歳前後といったところか。

「ああ、ごめんねえ。あんたの車だったんだね。昨日、模合で飲みすぎて、つい寝込んでしまったさー」

オジーは、地元の銀行員が着ているような、質の良さそうなかりゆりウェアについた埃をはたきながら、申し訳なさそうに頭をさげた。

「おじいさん、こんなとこに寝てたら、人とは知らずに轢かれるか、熱中症で死んじゃいますよ。お酒もほどほどにしたほうがいいと思いますけど」

あたしはべつに、自分の駐車場でなければお好きにどうぞ、と言いたい気持ちだった。

失恋しても、ちゃっかり腹は減る。泣きすぎで目が腫れているから、サングラスをかけたままで事が済む、マックか吉野家のドライブスルーにしようと決め、車のロックを解除した瞬間だった。オジーがあたしよりも先に助手席側のドアを開け、すばやく乗り込んだのだ。

「ちょ、おじいさん？　なにしてるんですか、お、降りてくださいよ」

つい、声が荒くなる。

「わんの家は近くであるさー、あんた悪いけど、家まで送ってくれないかね」

「はぁ？」

なんとまあ、図々しい人間だろうか。じいさんじゃなきゃ、車から引きずり降ろすか、警察を呼んでいるところだ。熱のこもった車内にクーラーが行き届くまでの間、あたしとオジーは「降りろ、降りない」の押し問答を続け、ついにはこちらが折れるハメとなった。

「まったくもう……」

「荻堂だから、すぐさーね」

オジーはへらへらと笑っている。たしかに荻堂はここから三キロほど先の集落、近いといえば近いが、お年寄りの足では、到着するのに日が暮れてしまうかもしれない。心の優しいあたしは無理やり自分をそう納得させながら、しぶしぶ愛車を走らせた。フロントガラスに青々と広がる空、ありとあらゆるものを容赦なく照りつけ、地上をむやみに熱くさせる真夏の直射日光。暗い部屋にいると涙も出るが、一歩外に出れば、体の水分はすべて汗に変わる。そんな底なしの暑さがタカシのことを少しだけ忘れさせてくれるような気がした。失恋もオジーも、強烈な日差しの下では、おぼろげな夢のようである。

「そこを左に入ってくれないか」

老人のナビは唐突である。T字路、交差点、一メートル手前でしか案内してくれないので、こんな短い距離の間に何度ハラハラしたかわからない。

「ここ?」

ほとんど瞬間的にハンドルを切ったあたしの目に飛び込んできたのは、緑色の看板が掲げてあるコンビニだった。

「ちょっと待っていてくれ、ションベンしてくる」

オジーは運転手に、照れ隠しのウインクをしてみせた。

(おえ……)

あたしは思わず、そのシワクチャなものから目をそらす。ションベン……しかたない。相手は老人だ。大事にしている愛車でお漏らしされるよりかは百倍ましだ。

今年の夏はまったくといっていいほど雨が降らない。梅雨は例年の二倍の雨をもたらしたが、梅雨があければ水事情など知らんぷりのお天道様。たまに顔を見せる黒々とした雨雲も、かかえているはずの水分の降らせ方をすっかり忘れてしまったようで、気休め程度に地面をぬらすとまた、威勢のいい入道雲と、ギラギラの真っ白い太陽に空を占領されている。

(たまには降ればいいのに)。

こうも毎日カンカン照りだと、バカのひとつ覚えみたいで、いいかげんうんざりしてくる。雨がドバっと降ったあとのむわっとした、独特なアスファルトのあのにおいが懐かしい。

ブー、ブー、ブー。

オジーを待っている間、ケイタイが鳴った。あたしには誰のメールかすぐにわかる。タカシだろう。彼は優柔不断なやつだったが、そのぶん優しい男だった。失恋で落ち込むあたしに、あのままひとつのメールもよこさず無視するような男ではない。ようするに女にマメなのだ。

『めぐみ、本当にごめん。こんな結末になってしまって。でも、秋子を好きな気持ちに嘘をつけなかった。めぐみも俺のことなんか忘れて、これから先、幸せになれよ』

ほらね。とてつもなく優しいでしょう。

あたしはそのメールに『死ね』と二文字、返信してケイタイを閉じた。

なにやら連れの戻りが遅いとコンビニに目をやると、オジーがガラスの向こうから、激しくあたしに手招きしているのが見えた。

いったい今度はなんなのよ。

オジーを拾ったのはやはり間違いだったか。なぜこうもスムーズに事が運ばないのだろう。自宅に送るのが老人でなければ、すでに荻堂についていてもおかしくないくらいの時間は経っている。どうせヒマなのだからいいが、それにしても手がかるというか、もどかしいというか、他人にもたらされた、ちんたらとした感じが、いちいちあたしを苛立たせるのだった。

「なにやってんですか」

「いや、腹が減っては戦はできぬというではないか。ほれ、あんたの分にもお湯、入れてあるから、こっちきて食べなさい」

オジーは、店内の片隅に設置された、二人がけのカウンターに、カップラーメンを二つ用意していた。あたしの返事も待たず、オジーは白い回転椅子へ座り、三分が待てぬそぶりで割り箸を豪快に割った。あたしは勝手な行動をとるオジーに怒りたいはずなのに、頭に上った血がどんどん胃に集まるのを感じた。

「これを食べたら本当に荻堂に帰りますからね」

念をおしてオジーのとなりに座る。

「あんたも腹が減っているんだろう？　さっきから腹の虫がぐうぐう鳴いてるじゃないか。わんは目が悪いかわりに猫のように耳がいいわけよ」

ひひひと笑ったオジーの前歯はほとんど抜けているか欠けていた。でもその間抜けな笑顔はさっきの照れかくしのウインクよりはだいぶマシだった。

二人でインスタントラーメンをすする。マックか吉野家に決めていたのだが、本音はなんでもよかった。失恋しても腹は減る。腹が満たされれば、欠けたなにかが埋まるのかもしれないと思いながら、ほとんど無心でラーメンを胃にかきこんでいた。

腹が満ちはじめたころ、箸を持つ手がじんじんと痛み出した。みると驚くぐらい、手の甲が黒々としている。どこかへぶつけただろうかと考えをめぐらせたが、打撲の原因はすぐに検討がついた。

「何やが、その手は」

オジーの言葉にとっさに手をひっこめた。

「男でも殴ったんか。そういやあんた、目もだいぶ腫れておるな」

「な、なんでもないですよ」

あわてて取り繕ったが、動揺は隠せない。

「取っ組み合いのけんかでもしたんか。今の若い奴らはそんなもんしないとワイドショーかなにかで見たんだが、そうでもないのか」

「けんかなんかじゃないです。しかも、目は泣いて腫れたんだし……」

「あり、泣くほど痛むのか。それともけんかに負けてくやしくて泣いたのか」

このオジー、まじめに話しているのか。それともあたしをからかっているのか、よくわからない。

「どっちもちがうし」

「そうか、そうか、かわいそうだのう。女同士のケンカか？　ひひひ、それは見てみたかったたな。あんたの手の甲、かなり黒くなっているさ。あんたも痛いはずだけど、殴られた相手はもっと痛かったはずね」

「え…？」

「女のくせにこぶしで殴るとはたいした度胸さ。今の若者でも、こうやって、拳をぎゅっと握るほど憤ることがあるんだね。安心したさ。オジーなんかがみたら、今の若者たちはロボットみたいだからよ」

「ロボット？」

「いぃ。ロボットさ。顔もみんな同じで無表情、ものしゃべらせても声もコンピューターがしゃべってるくらい小さくて無機質さ。何を聞いているかわからんけどいつも耳栓して、小さい電話……スマフォーとかいったかね」

「ちょっと発音違うけど」

「そのスマフォもって、ずーっと下向いて歩いているさ。もしかしたらロボットの方がまだ可愛げがあるかもね」

　オジーはたんたんと続けた。

「でもあんたはいいね。いい感じするさ。年寄りを道で拾って、それを家まで送り届けてくれる若者なんて、きっとあんまりいないさ。拳で人を殴る女も、最近は見たことないね。聞いたこともないね。あんたくらいしかいないんじゃないか。でもそれでいいさ。殴られたら痛いし、殴っても痛いさ。そんな具体的な痛みとか、当たり前のことが今の時代には足りないからよ。いい経験したさあね。あんたは生きている匂いがするね」

　オジーはコンビニ店内に響き渡るぐらい大きな音でラーメンのおつゆをすすっている。他のお客さんがその音におどろいたり、失笑したりしている。あたしはその雑音をよそに、昨日のことを思い出していた。

レストランを出てゆくタカシを追いかけて、栄えた北谷の人ごみの中から、翻ったグレーのスーツを見つけ出したあたしは、その背中をひっ捕まえて、力ずくで正面を向かせると、ひょうひょうとした顔にすかさず鉄拳をくらわせた。細い拳はみごとにヒットして、男の左ほほからはゴツっと鈍い音がした。骨と骨がぶつかる音。タカシはごろりと地面に転がった。絶句。あたしもタカシも周りにいた人たちも見事に絶句。タカシのあたしを見る目が怯えていた。信じられない。信じられないでしょう。いまだに空想の出来事みたいだ。あたし気は強いけど一応、女だし、今まで人を殴るどころか口げんかだってしたことなかった。あたしたちはバーチャル世代。けんかはゲームの中では得意中の得意だった。とびげり、頭突き、不意打ち、キン蹴り、どんなに乱暴で卑劣な攻撃を浴びせても、浴びせられても、リアルな自分の体が痛むことは、もちろんなかった。

「生きている匂い……」

あたしはオジーの言葉を繰り返した。

「具体的な痛み……」

オジーの言うとおり、この手の痛み、今まで経験したことない。

「『死ね』……か」

タカシに送ったメールを悔やんだ。右手の甲をぎゅっと押さえると痛みがじわじわと全身に広がってゆく。

「ありひゃ、殴った相手は死んだのか？　しむさ、しむさ。ほれ、死んだっていうことは、あんたの相手はロボットじゃなかったということさ」

オジーはひひひといやらしい笑い方をした。意地の悪い妖怪は、ラーメンをずるずると、わざとらしくいつまでもすすっていた。

腹がいっぱいになれば人はいやでも落ち着くものなのだと今、知った。あたしは上機嫌でピンクの愛車に戻る。オジーもあたしのうしろからよたよたとついてきて、ひらりと助手席に乗り込んだ。

「ラーメンごちそうさま。おいしかった」

不思議と本当においしかった。暑い日に熱いラーメンも悪くない。

「うむ」

と、オジーは短く返事をしたあと、すこし間を空けて「頼みがあるんだが」と切り出した。

「頼み？」

「ついでにもうひとつ頼まれてくれんかの、これも縁だと思って」

オジーはまた、空気の読めていない笑顔をあたしに向けている。のぞく銀歯がきらりと不吉に光った。

「いいかね？」

しつこいオジー。

あたしは無言のまま、フロントガラスの向こうの景色をながめながら、オジーの頼みをきくべきかどうか考えていた。なんだ？　縁だと思って、とかなんとか言ってるけど。あたしの親切がまだ足りんというのか？　家まで送ってあげているだけで十分ではないのか。今日は一週間で唯一の休日。このままずっとオジーの相手をさせられるのか。あたしに、そんな神様みたいないい人になれというのか。あたしはオジーの頼みごとの内容を聞き出せないでいた。

「わんはよ……もうすぐ死ぬからよ」

オジーがぽつりと、すごいことをつぶやいた。

「え？　…死ぬ？」

「うむ。死、やさ」

助手席のオジーは、真夏の日差しをまぶしそうに見つめ「来年の夏には、もうあそこにいるかもしれん」と、青い空を指差した。

うそつけ、と即座に言えずにいた。オジーの深く刻まれたシワやシミを見つめていると逆にありえる、とさえ思えてくる。元気だけど、見た目からしてかなり年配だ。自分には遠い未来にしか訪れないと信じている「死」という現実は、オジーには目の前……あるいは後方、ある時は左右に、いつも存在しているのものなのかもしれない。

「病気……には、とてもみえないけど……」

どうもしどろもどろになる。言葉選びに気をつかうあたしに、オジーはニカリと笑ってみせた。

「年寄りはみんな病気さ。八十も超したら、あちこちガタがくるわけよ。あたりまえさ。ピカピカの車もだんだんサビが出るように、ヒザも腰もギシギシ言って動かなくなったりするわけよ。体力もないからバイ菌やらウイルスやらにも弱くて、気がついたら体のあちこちをのっとられているわけさ。あんたはいいね。歯も骨も頑丈だし、肌も髪もピチピチしているさ。潤ってるさ。わんにもそんなころがあったのかね、わんは生まれた時からこんな年寄りだったんじゃないかね。今では信じられんさ。あんたもいずれわんみたいになるときがくるけど、今はまだ信じられんだろう」

オジーはそういうと、豪快に笑った。

「笑い事ですか」

「やさ。笑い事さ。死ぬのを怖いと思っているあいだは青春まっ只中さ。わんはとっくに過ぎ去ったからね。オバーが死んでからはもっと死ぬのが怖くなったさ。なんていうのかね。『死』が凶暴な虎や熊みたいなものだとしたら、わんはこれを手なずけたみたいな感じがしてるさ。逆に親しみを感じるくらいよ」

オジーはちょっと自慢げに鼻をこすった。

「あそこにはオバーとか血のつながった先祖とか、知り合いがいっぱいいると思ったら、なんも怖くないさ」

頭は白髪、体中しわだらけ。だけどどこか安らかで穏やかで。あたしもいつか必ずそういうふうになる。ぜんぜん実感わかないけれど、オジーにつられて穏やかな気持ちになっていた。

「……頼みってなんですか」

あたしはわざとそっけない態度をとる。オジーの顔つきがみるみる変わっていった。

「おう、おう。聞いてくれるのか、わんの頼みを」

オジーは嬉しそうだ。

「もう、これっきりですよ。これも何かの縁だと言ったのはおじいさんの方なんですから」

「おうおう、サンキューサンキュー。あんた、見かけによらず話がわかる子だね」

オジーはあたしの手を握って喜んだ。その手は温かくて湿っていて生気に溢れている。まだまだ死にそうには思えなかった。

「で、頼みはなに」

オジーは嬉しそうな態度から急にしおらしくなり、照れくさそうにもじもじしはじめた。

「実はよ、会いたい人がいるわけよ」

「会いたい人？」

オジーは頬を赤らめている。

「金城ミツ、という人やさ」

「キンジョウ、ミツ…？」

オジーはだまってうなずいた。その様子をみてピンと来た。

「まさか、女？　おじいさん、女に会いたいわけ？」

あたしの大声にオジーは慌てふためいている。

「いやあ、あんたよ、女だなんて、そんな言い方しないでよ。直球だね、いやあ、わんには、やましい気持ちなんか全然ないんだよ。わんとみっちゃんはいわゆる幼馴染というやつで、なんというか、おたがい言わなかったけど好き合っていたわけさ。だけどほら、戦争が来たさあね、戦争が」

「戦争？」

オジーの額のしわに、冷や汗のようなものが浮いている。戦争とは、あの何十年も前の、あの第二次世界大戦のことだろうか。オジーはその額の汗を、そのまたしわくちゃな手の甲で拭いながら話を続けた。

「そうさ。昭和二十年の春やさ。戦争がきたわけよ。わしは十五、みっちゃんは十四だった。みっちゃんは、それはそれは美人《ちゅらかーぎー》だった。清楚で純情な感じさ、そうそうあんたとは正反対な感じ……」

「は?」

「あ、いや。だから、戦争が来たわけよ。ここからうんと南の島でやっているかと思っていたら、あっというまにこの島にも来たわけ。来るよ来るよって噂はあったけど、なんていうか、まだまだ遠い国で起こっていることみたいに感じてたわけよ。本当にこの平和だけがとりえの島で、あんな残酷な戦争が始まるとは、だれも実感できていなかったわけ。わったーは当時、中部に住んでいてよ。若い男には軍人でなくても次々に国から手紙が届いたさ。それ以外の男は軍用飛行場の建設に借り出されたりした。わんはまだ十五だったから戦争にも飛行場建設にも行かなかったけど、三人の兄貴たちにはみんな手紙がきた。三人とも国のために戦うと言って、男らしく行きよったけど、お母《かあ》はいつも泣いていたさ。号泣したら三人に悪いから夜中になってから厠で声を殺して泣いていた。厠か？　いまでいうトイレさ。そこからすすり泣いているのは幽霊じゃなくてわんのお母さ。これは近所のちょっとした噂になったくらいさね」

オジーの目は遠くをみていた。

「わんは見た。わんの集落は山の上だったからよく見えた。渡口の海岸に、蟻がたかっているみたいに見えたのは、アメリカーの大量の軍艦だった。あれを見た瞬間、たいへんなことになった、わったーはみんな殺されると本気で思って鳥肌が止まらんかった。あのときの恐ろしさはなんと表現したらいいのかね。あんたはわからんはずね。恐怖が重りみたいに背中にのしかかってきて、体が動かんわけ。恐怖がわんの肩や腕や太ももにからみついて、ぶるぶると震えだすわけよ。わんの魂《まぶい》はもしかしたら、あのときあそこで脱げたままかもしれん」

あたしは何もいえずにいた。遠い昔の戦争の話。教科書にしか載ってない、いや教科書にも載っていない、戦争の体験話。テレビから流れている戦場の様子をみても、シロクロで何がなんだかわからない。平和な沖縄、平和な世の中しかしらないあたしには、どうひっくり返してもそれを身近に感じることができずにいた。

「みっちゃんとは隣同士の集落でね。裁縫がうまくて着物を縫っては、わんの集落に売りに来よったさ。恥ずかしいけどわんはみっちゃんに一目惚れしたわけよ。ほら、清楚で美人だったたって言ったさあね。残念ながらわんの集落にはブスばかりだったからね。ほれ、あんた、ここは笑うところさ。わんも十五で年頃だったから、みっちゃんに惚れるのは当然のことだったわけ。みっちゃんは週一回くらいは来よったさ、なつかしいさ。わんは親に内緒で、ちょっとアルバイトしてお金を貯めて、みっちゃんが売りに来る着物を買ってあげていたさ。みっちゃんの喜ぶ顔はなんといっても天下一品。誰もかなわない、スーパーミラクルスマイルだった」

オジーが急にカタカナを使うので笑ってしまった。

「そしていきなり始まってしまったさ。平和な島だったのに、とうとうドンパチ始まった。戦争はだれのせいなのかね。だれが悪いのかね、あんた、わかるね？渡口から上陸したアメリカたちは、そこから沖縄を北と南に分けた。わんは北に逃げた。みっちゃんは南に逃げた。南は激戦だったらしいさ。北は南に比べたらまだ逃げやすかったし隠れやすかった。人口も少ないしね。南は最悪だったらしい。みっちゃんはそんな南に逃げてしまって、それから行方がわからなくなってしまったわけさ」

あたしはゴクリとつばをのんだ。

「でもおじいさんがその人に会いたいということは、彼女は生きていたんですね」

オジーはあたしの言葉ににこりと笑った。そしてゆっくりとうなずいた。

「よかった……」

あたしは本気でホッとした。「みっちゃん」なんて人、いつの時代の、どこの誰かもわからないのに、あたしの想像の中でにこりと微笑んでいる。

「というわけさ。だから会いたいわけよ。今の今まで勇気がわかなかったし、オバーの手前、他の女の人に会いに行くのはヤバイさあね。あんたの車に乗ってよかったさ。わんはラッキーだったさ」

オジーはそういうと、さっとシートベルトを締めた。

「だからハイ、あんた、はやく車出さんね、日が暮れるよ」

あたしはひとことも連れて行くと了承したわけじゃないのに、オジーは急にいきいきとし始めた。目は輝き、頬は赤く火照っている。どんなに年を重ねても、人は恋ってものには弱いのだろうか。いくつになっても色あせぬ初恋。あたしもそんな恋、してみたい。

「ちょっとまって。おじいさん、そのみっちゃんって人の家、知っているんですか」

「もちろんさ」

オジーはかりゆしウェアのポケットから小さな手帳を取り出して、ペラペラと丁寧にめくり始めた。

「みっちゃんは五年前から、中城の海の見える老人ホームに入っているみたいさ」

「やけに詳しいじゃないですか」

「あたりまえさ。今はふぇいすぶっくという便利なものがあるの、知らんのか？

なんやかんやで、みっちゃんに無事たどりつけた、というわけよ」

オジーがにこっと笑ってみせると、あたしもつられて口の端があがった。

「ふぇいすぶっく、ね……」

愛車のタイヤが中城の海辺へと向きを変えた。そこでは真夏の太陽にさらされた水面が鏡のように光を反射し、キラキラとあたしたちを照らすにちがいない。

中城の老人ホームは、昔からそこにたたずんでいるであろうと思わせる、適度に古びた外装だったが、一歩館内に入ると、丁寧に清掃されている様子がうかがえた。

「みっちゃんはキンジョウから、ノハラに変わっとる」

オジーは少しはにかみながら言った。身震いするほどエアコンが効いていて、汗でへばりついたシャツが冷たくなっていった。

入り口で面会名簿に名前を記入し、続柄には「親戚・孫」と堂々と嘘をかいた。施設の職員は疑いもせずあたしたちを三階の個室へと案内してくれた。

「野原さーん、ご面会ですよー」

職員がミツさんの部屋のドアを開けた。ミツさんの部屋はエアコンが切られていたが不思議と暑さは感じられなかった。窓は開け放たれ、海風がミツさんの部屋から勢いよく廊下へと流れこんだ。窓からは太平洋が一望でき、まるで壁にかけられた美しい水彩画のようだった。ミツさんはベッドにこしかけ、窓の外を眺めている。背筋の伸びた姿勢を見て、あたしはなぜかホッとしていた。

「み、みっちゃん……」

オジーが震える声で、廊下からミツさんの名前を呼んだ。小さすぎてミツさんへ届かなかった。あたしとオジーは『もういちど』と目で合図した。

「み、みっちゃん！」

オジーが大声を張り上げた。それでもミツさんには何も聞こえていないようだった。あたしたちのそばにいた職員が、かなしい顔つきで首を横に振り、

「残念ですが、野原さんは認知症を患っています」

と、言った。

「認知症……」

オジーとあたしの声が重なった。

「もうご自分のお名前すら思い出せません。もちろんご家族のことも、お孫さんのことも」

そう言って職員はあたしの顔を見た。申し訳なさそうな表情だったが、あたしがコクリと頷くと、かすかな笑みを残して仕事に戻っていった。

「みっちゃん」

オジーがよたよたと、ひき寄せられるように部屋の中心へと歩きだした。あたしはそんなオジーの後ろをあわててついて行く。

オジーはベッドに腰掛けるミツさんの足元に両膝をつき、彼女を見上げた。あたしはベッドの裾に立ったまま、年老いたふたりを見つめていた。オジー同様にミツさんもしっかり年を取っていた。白髪だらけの長い髪を胸のあたりまで垂らし、痩せた頬には血色がなかった。あたしはミツさんの「美人」だった部分を探そうとしたが、なかなか見つからずにいた。

オジーのシミだらけの手が、ミツさんのシワだらけの手を包み込んだ。

「みっちゃんよう、久しぶりだなあ」

オジーのしわがれた声が泣いているように聞こえた。ミツさんは不思議そうに、床に膝をついた男を見下ろしている。

「あんた誰だったかね」

ミツさんの声もしわがれている。

「隣のシマの伊波四男《よしお》さ。もう長いこと会っていないから、わからんでもしかたないさ」

「いは、よしお？」

ミツさんは小さな女の子がするように、白い頭をかしげている。

「いいさ、いいさ、みっちゃん。無理に思い出さんでもいいさ」

オジーは泣いていた。

「もう、だいぶ昔のことさあね……。だいぶ、昔のことさあね……」

深く刻まれたシワが、大粒の涙の流れをせき止めている。

「あの南部でよく生き抜いたね。良かったさ」

オジーの言葉には熱がこもっていた。

「わんとみっちゃんのシマは隣同士だったさあね。今はアメリカーたちが住んでいるよ。いつか一緒にあの金網の向こうに帰りたいね。だいぶ雰囲気は変わっているけど、山からの眺めは変わらないはずだからね」

ミツさんは首をかしげたままオジーをながめている。

「あきさみよう、あんな美人がこんなオバーになるまで長生きしてから……」

オジーは泣きながら笑っている。ミツさんは感情を伴わない声色で「いはよしお、いはよしお」とオジーの名前を繰り返していた。

「いいさ、いいさ。みっちゃん、わからんでもいいさ。みっちゃんはそのままでいいさ。みっちゃんよう、人間は赤ん坊として生まれてくるときは何もわからんで生まれてくるさあね。あんたも生まれたときのこと覚えていないだろう。この世で誰も生まれてくるときの痛さや怖さや嬉しさなんかは、わからないさあね。だから死ぬときも何もわからないものだと、わんは思うわけ。今までのつらかったことか、痛かったこととか、嬉しかったこととかを、忘れることで整理するとでもいうのかね。友達のこと、家族のこと、そして自分のことも忘れることができたら、後悔とか未練がなくなるさあね。それが死ぬときだと思うわけさ。これは次に生まれてくるための準備だから、なにも悪いことじゃないよ。死ぬときは生まれてきたときみたいに、身も心もきれいになるさ。うちのオバーもきれいだったよ。だからみっちゃんも、今、とってもきれいさ。みっちゃんは昔からとても美人だったさあね。わんはみっちゃんのきれいなときしか見てないから、でーじ幸せもんさ。みっちゃん、ありがとうね。今まで生きていてくれて、ありがとうね」

オジーは握りしめたミツさんの手に顔を押し付けて号泣していた。ミツさんはオジーの初恋の人。青春のシンボル。オジーは今、戦争で失った若かりし頃の思い出を大事に握りしめているのだ。

どれくらい経っただろうか。

「はやく逃げて」

「え？」

ミツさんが小さな声でつぶやいた。

「あんたたち、はやく逃げてよう。戦争が始まるよう」

ミツさんの語尾が大きくなる。

「あの音が聞こえるでしょう」

それまで精気を失っていたミツさんの目が、かっと見開いた。

その瞬間、ドンと爆発音のようなものがすぐ近くで鳴り響いた。

「な、なにっ……」

鼓膜を引き裂くほどの爆発音が、二度、三度と続いた。

「きゃあ!」

それに連動して建物がぐらぐらと揺れ、あたしは思わず床に伏せた。反射的につかんだベッドの足が、小刻みに飛び跳ねている。床についた両ひざから、爆発音による振動がビリビリと伝わってきた。


何?

いったい何?

何が起こっているのだろう。

頭の中で疑問符が次々に浮かんでは消えた。五発、六発、七発、十、十五、二十……。無意識に爆発音を数えていたが、あとのほうは乱暴に重なり合い、数えるのが困難になった。恐ろしさのあまり、あたしの体は床に伏せたまま硬直した。

窓の外の爆発音が止む気配はない。そのたびに建物が震動し、ガラスやドアや、ありとあらゆるものがガタガタと唸り、叫んだ。なにかが焦げた匂い鼻をついたが、それがなにかをつきとめる余裕は微塵もなかった。

あたしはパニックになりながらも、この音や匂いが何なのかを想像してみた。打ち上げ花火を真下で見たときのことを思い出す。雷が近所の空き地に落ちたときのことも思い出した。米軍の巨大な飛行機が、ビルをかすめて低空飛行しているときの、体が押さえつけられるような轟音。沖縄では百年に一度と言われた、数年前の大きな地震の揺れ…。すべてを足して×2をしたとしても、今の状況を表す数式にはほど遠かった。

どれくらい経ったかはしらない。気がつくと爆発音は止んでいた。あたしはおそるおそる、床から顔をはがした。そしてゆっくりと目を開けた。ベッドの足を掴んだ手が硬直して、自らとそれを離すのに手間取った。

部屋はしんと静まり返っていた。震える両足でなんとか立とうとするが、腰に力が入らない。足や腰や腕はずっしり重く、動揺してる頭は、無重力のように軽く感じられた。

部屋の中心ではオジーとミツさんがベッドの裾で抱き合ったままだった。

あたしはオジーとミツさんに駆け寄りながら、

「ふたりとも、だいじょうぶ?」

と、声をかけた。だが驚いたことに、自分の声が全く聞こえなかった。部屋が静まり返っていると思っていたのは間違いで、あの爆発音のせいで耳がおかしくなっていたのだ。ミツさんがあたしを見て、うん、とうなずいた。

壁にかけてあった絵画や、ミツさんの服、ベッド脇の机におかれたコップや、家族が写りこんだフォトフレーム、部屋の隅にある小さなテレビや電話機、タンス、ここに存在する、ありとあらゆるものが床に散乱していた。オジーたちや自分が無傷であることが奇跡に思えた。

「地震……みたい」

そうだ。地震だったのか？

あたしは無意識に窓に駆け寄った。窓の外は煙のようなもやに包まれ、視界は閉ざされている。ただの地震だったのか。いや、あの爆発音はとても地震とは思えない。まさか花火の誤爆発？　でも、どれもしっくりと当てはまらないような気がした。

「戦争が始まるって言ったさあ」

ミツさんが口を開いた。耳がやられているはずなのに、ミツさんの声は、鼓膜の内側から響くようにはっきりと聞こえた。

「せんそう？」

あたしは窓際から部屋の中央を振り返るように見た。ミツさんの腰に腕をまわしたオジーは、その太ももに顔をうずめ、死んだように動かない。ミツさんはそのオジーを優しく抱きしめている。

「ちゃんと見なさい、海の上を」

ミツさんに言われるまま、あたしは窓の外を見た。

中城の高台から望む太平洋は、弧を描く美しい湾になっている。真夏の太陽を反射し、青というより黄金色の海を、瞬きをこらえ凝視した。

「なにあれ……」

真夏なのに体中を寒気が襲った。氷水のような冷や汗が背中をいくつも伝う。

海上には数百、数千という無数の船が湾内にひしめき合っていた。湾の向こうにも、また、おびただしい数の船が陸に平行して浮かんでいる。

大きな船、小さな船、それぞれが一隻たりとも残らずこちらを睨んでいた。中にはどうみても大砲を積んだ戦艦のようなものもある。もちろん大砲の口も、すべてが沖縄本島に狙い定めており、すでに準備万端といった雰囲気だった。

でも一体、なんの準備が万端だというのだろう。ミツさんの「戦争さあ」という声が脳裏に跳ね返っては響く。あたしは思わず、窓ぎわから後づさった。なにやらたいへんなことが起こるのではないか、とてつもなく恐ろしいことが始まるのではないか。正体不明の不穏な空気が突風のように巻き起こり、あたしは吹き飛ばされそうになるのを、ぐっとこらえた。

逃げなくては、はやく。と、思った。

そのとき窓の外から物音が聞こえた。焦げた匂いはまだきつく残っているが、白い煙はいつのまにか晴れていた。建物は断崖に建っていて、三十〜五十メートル離れた下方の道路がよく見えた。どこから来たのだろうか。そこには数え切れないほど大勢の人間が集まっていた。みんな、灰色のヘルメットと、それより少し濃い灰色のつなぎ服を揃いで着ている。どうみても爆発音でやってきた野次馬にはみえなかった。百人？　二百人？　いや、それではすまない。もしかすると千人くらいはいるだろうか。遠くてよく見えないが、体格からして、ほとんどが男性のようだった。集団は何列にも組んで固まり、その中でひとりだけが飛び出して、集団に何か指揮をしているようだった。

まるで軍隊……。

目を凝らし見ると、みな背中には黒いリュックサック、肩にはマシンガンのようなものを担いでいる。

瞬間、ゾッとした。全身に鳥肌が立つ。ミツさんのいうとおり、戦争が始まってしまったんだと、初めて本気で考えようとしていた。怖いのに、集団から目を離すことができない。たちまち彼らはいくつかのグループに分かれ、指揮されたどおりの配置についていくようだった。

ちょっと待って。

あの、海上の戦艦に、生身の人間で立ち向かおうとしているのだろうか？　あの、おびただしい数の大砲で、海辺の町や緑の森、住みなれた村や町を破壊する、あの恐ろしいたくさんの怪物たちに、マシンガン一丁かついだ生きた人間が、戦いを挑もうとしているのだろうか。あたしの手や足が震えている。なんと無謀な。なんと浅はかな。

「逃げてー」

あたしは集団に向かって叫んだ。無謀なのはあたしの方かもしれなかった。耳がおかしいからか、自分の叫び声がよく聞こえなかった。あたしはそれでも叫んだ。

逃げて。

逃げて。

逃げて。と。

戦争なんてダメだ。

やめて。

やめて。

やめて。と。

叫び続けた。ほとんど無意識だった。

この建物に一番ちかいグループが、あたしの狂った叫び声に気がついた。グループにはリーダーがいるらしく、そのリーダーがあたしの無責任な言動に激怒している様子だった。

怒るリーダーの脇からひとりの男性が飛び出した。

「めぐみ!」

灰色の軍服に身をつつんだ若い男性が、あたしの名前を呼んだ。悲鳴に似た自分の叫び声はぜんぜん聞こえないのに、あたしの名を呼ぶ彼の声は、不思議と耳にしっかり届いた。

男性とバチリと目が合った。だんだんと我に返る。こんなこと、ありえない。

「タカシ……」

見間違いならいいのに。人違いならいいのに。そこにいた兵隊は、まちがいなく、きのうさよならしたばかりの恋人だった。

また、爆発音が鳴り響いた。今度はさっきよりも数段と近い感じがする。あの爆発音はやはり海上の戦艦から放たれたものだった。大砲の口がカメラのフラッシュのようにまばゆく光ると、二、三秒おくれて山が爆発した。山からは噴煙が立ち、粉砕された岩や石が、兵隊たちのいる下方の道路へと崩れ落ちていった。海上のフラッシュは息もつかせぬほど激しかった。海の水面が太陽に照らされキラキラ光るのと混じり、どれが大砲の火花なのか区別がつかなかった。爆発音が鳴り止む気配はない。陸の軍隊たちの様子も、噴煙ですっかりみえなくなってしまった。山が、森が、町が、どんどん崩れてゆく中、あたしは窓から必至で叫んでいた。

タカシ、タカシ、と。

戦艦から放たれた一粒の弾丸と目が合った。迷いなく、あたしに向かって直進してくる。

一秒。

二秒。

そしてあたしの顔に、体に、ついに弾丸が命中した。

それから先は、なにも覚えていない。

ひどい汗で目が覚めた。心臓がまだ早打ちしている。目を開けると施設のベッドが視界に飛び込んだ。あたしはベッドにこしかけたミツさんの痩せた太ももをまくらにして寝ていた。ミツさんがあたしの髪の毛を優しくなでながら子守唄らしきものを歌っている。

「あね、目が覚めたね」

ミツさんがあたしの肩をポンと叩いた。あたしはゆっくりと起き上がり、部屋を見渡した。服やフォトフレームやテレビや冷蔵庫は、爆発による振動で、床に、散乱などしていなかった。

「あんた、だいじょうぶね」

ミツさんがあたしを気遣ってくれた。

「あ、は、はい」

「かわいそうに、怖い夢でも見てたのかね。うんうん、言ってたさ」

ミツさんが気の毒そうな顔をした。あれは夢……？　けたたましい爆発音も、きつい火薬の匂いも、まだ体にまとわりついているみたいだった。あれは夢だったのか。心がみるみる安堵に染まってゆく。ひどい夢だった。あんな恐ろしい情景、夢でももう、二度とごめんだと心底思った。

窓の外は夕焼けている。館内放送が入居者へ食事の時間を伝えていた。もうそんな時間か。まったく今日という日は最悪な日だ。駐車場でオジーを拾ったばっかりに、(夢の中ではあるが) ひどい目に合ってしまった。

そういえばオジー……。

「煙草を吸いたいとかで、館外へ出ましたよ」

食事を運んできた職員がおしえてくれた。もう食事の時間だから、オジーもあたしも、そのまま帰ることを勧められた。

「ミツさん、あたし、もう行きます」

「あり、戦争さぁ。また、戦争がくるさあね」

「え?」

「ほらほらミツさん、また始まった。お孫さんが怖がるから、戦争の話はやめておきましょうね」

職員はミツさんをなだめた。

「ミツさんはよく戦争の話をするんですか」

職員は苦笑いで、食事が乗っているトレーを机に置く。

「ええ。よくしますよ。認知症って、最近のことは忘れても、若い頃のことなんかは、ついさっきのことのように覚えているものなんですよ。ミツさんは今、戦争を体験した時代に戻っているのかもしれませんね」

ミツさんが食事を始めたのをみて職員は「全部食べてよお」と声をかけながら部屋を出て行った。

戦争を体験したオジーとミツさん。戦争に引き裂かれた初恋の人。そして長い年月を経ての奇跡の再会。こんな日だからこそ、あんな夢をみてしまったのかもしれない。でも、あたしには夢の中の出来事だけど、このふたりにとってはまぎれもない現実のことなのだ。教科書の中だけじゃない。戦争体験者の記憶だけでもない。戦争はリアルに存在した出来事なのだ。

「また、戦争がくるさあね。また……」

あの夢は、過去の戦争をイメージして作られたものとは限らない。ミツさんのいう「また」訪れる未来の出来事かもしれないと、そう思ったら、心に満ちたはずの安堵感が、足の先から抜けていくのを感じた。


駐車場に戻ると、海の上には白い月が浮かんでいるのが見えた。月は分身を、穏やかな黒い水面に映し出している。オジーはその月を、とりつかれたように眺めていた。当たり前だけど戦艦は一隻もいなかった。

「お年寄りが煙草なんてだめじゃない」

オジーの吐いた煙が、月を覆う。

「これは七十から始めたんだよ」

オジーはおいしそうに煙草を吸い込んだ。あたしは赤く灯った先っぽに見とれる。

「七十から始めても、十五年たってるさ」

欠けた歯を隠しもせず、にやりと笑った。

「今日はありがとうね。来てよかったさ」

オジーは照れくさそうに視線をそらす。あたしはなにも答えなかった。

「今日は七夕だからね。いい日になったさ」

「え、うそ、今日って七夕？」

「いい。旧暦のね。え、それはいいとして、もう暗いから、今日はここまででいいさ。わんの家はここからでーじ近いから、あんたはもうそのまま帰りなさいね」

オジーは煙草を地面に落として、ぴかぴかの靴でそれをすりつぶした。かすかに焦げた匂いがした。

「送らなくていいんですか」

「ああ、いいさ。じゃあね」

年寄りは別れ際もあっさりしたものだ。今までいくつの別れを経験してきただろう。あたしは昨日、別れた恋人を思い出し、ケイタイを取り出した。

『さっきは死ねだなんてごめん。きっと、ずっと長生きしてください』

そうメールした。タカシにはなにがなんだか理解できないだろう。でも、それでいいのだ。

ケイタイを閉じてあたりを見渡すと、オジーが道路の向こう側から、あたしに向かって大きく手を振っていた。

恋人と別れた最悪な昨日。

オジーを拾った最低な今日。

明日はどんなサプライズが待っているのだろうか。

「待っておじいさん！　やっぱり送ってくよ！」

道路の向こう側まで届くように、声の出る限り大声で叫んだ。

魂《たま》り場《ば》

僕の本体はきっと、かなりだらしない性格の持ち主であっただろうと思う。その証拠に、僕がこの三叉路で、運転中に魂《マブイ》を落としてしまってから、だいぶ時が経っているはずなのに、僕の本体は、いっこうにマブイグミに現れる気配がない。マブイグミを面倒くさがっているのか、それとも魂を落としたことにも気づいていないのか。もともと僕は、ものごとに対して無欲であり、仕事にしても趣味にしても、何にしても、微塵の興味も意欲も持たない無気力な男である。まるではじめから魂など持ち合わせていないかのように。

頭上ではオスプレイが我がもの顔で大空を舞う。飛行機ともヘリコプターともとれぬ滑稽な機体が、フルフルという奇妙な轟音を、平然と地上へばら撒いている。それらはきらめく初夏の風景にまぎれ、いつのまにかあたりまえの存在となっていた。

僕が今いる場所は、それが一日に何機も低空飛行する中部の町の、わりと大きめな三叉路である。ほぼアルファベットのTの形をした交通量の多い交差点で、僕はマブイグミに現れる本体を待ち焦がれる「落ちた魂」になった。あまり記憶が定かではないが、たしか雨の強い日だった。僕は車でたまたまここを通った。仕事の帰りだったと思う。いつものようにボーっとしながら右折専用レーンで信号を待っていたはずだ。僕はかなりの確率で日中はチンタラとしているくせに、信号が青から黄色に変わろうとする瞬間だけはどういうわけか殺気立ったイノシシのように突進してしまう癖がある。質の悪い癖はそのときも例外ではなかった。青から黄色へ、黄色から赤になりかけていたのに、反射的にアクセルを踏み込んだ。雨もかなり降っている。急発進の右折、さすがにひやりとした。――あせる僕。――すべりそうだ。雨に濡れたタイヤも、ハンドルを握る僕の手も。操縦に不安を感じたそのときだ。Tのつきあたりには道沿いに立ち並ぶ店の看板がいくつも掲げられていた。その中にひときわ目立つものがある。白無垢を着た花嫁の写真で、真正面にある写真館のものだった。大雨で視界がかすんでいたのだろうか。あ、いや、逆にレンズのピントが合ったみたいに、はっきりと見えたような気もする。女の、月のような青白い肌と、純白の衣装に映えた真っ赤な口紅。角隠しからぎりぎりのぞく黒々とした瞳がキロリと動き、僕にニコリと微笑んだのだ。その笑みは善意も悪意も感じられない、どこまでも平たい笑みだった。僕は「うわあ」とだけ叫んだのを覚えている。全身にはブツブツと鳥肌が立った。何事にも鈍感なこの僕が、生まれて初めて度肝を抜かれた瞬間だった。

「抜かれたのは度肝じゃなくて、魂やさに」

いつのまにか隣には、年寄魂《としよりまぶい》の玉城さんが座っていた。

「また散歩ですか」

僕は愛嬌のない態度で玉城さんに応えた。

「年寄りだからね、少しは歩かないと」

玉城さんはそう言いながら自分の右足を叩いた。玉城さんは細身で、白い肌着とよれよれのステテコ、島ぞうりを履いた、良く言えば「ラフな装い」の魂である。

普段は僕のいる場所から国道をはさんだ歩道橋のふもとを居場所としているが、散歩と言ってはフラフラとこの三叉路を歩き回っている。

「玉城さん、散歩している間に本体がマブイグミに来たらどうするんですか。こんなところまで来ちゃ、大事なときに間に合いませんよ」

「あぎじぇ、ワタゲよ。あんたは若いくせに心配性だね。これくらいの距離はなんともないさ。マブヤー、マブヤーって呼ばれたら飛んでいけばいいわけさ、こうやって」

玉城さんは両手を広げ、鳥がするようにぱたぱたと動かした。島ぞうりを履いた足が軽く地面から離れた。玉城さんはそれくらい軽い魂なのだ。

「落ちた魂」にはいろんな形がある。玉城さんのように魂だけになっても、本来の姿とほぼ変わらず人の形をしているものが全体の約九十パーセントを占める中、煙や湯気のように原型をとどめていないものもいた。玉城さんは軽いが、中には重い魂もいる。四角いものもいるし、丸いもの、青いもの、赤いもの、透明のもの、曲がっているもの、固いもの、柔らかいもの、ネバネバしているもの、匂いを発するものもいる。まさしく十人十色だ。

僕はなぜか、白くて柔らかくて丸い形をしていた。ちょうど、道端にぽつんとたたずむ、たんぽぽの綿毛に似ていた。僕は自分の名前を覚えていなかったから、かわりにまわりの魂たちは僕のことを「ワタゲ」と呼んだ。

「今日や集会やんど。あんたもちゃんと参加しないとね」

玉城さんはそれを伝えるために来たのだ。

「はい、行きます」

僕が答えると玉城さんは小さくうなずいて、不自由な右足をかばいながらその場を去って行った。

そうか。今日は満月だ。僕はいつも注意散漫だから、満月の日に行われる月に一度の集会のことも、すっかり忘れてしまう。「落ちた魂」の中でも、ひときわ存在感の薄い僕。それは僕が、僕自身のことをほとんど覚えていないからにちがいない。魂のほとんどは自分の名前くらいは覚えている。なのに僕は、男ということと、年齢は三十手前くらいの、わりと若いだろうということ以外、自覚できないでいた。

満月はまだ明るい夕方の、東の空から遠慮がちにのぼりはじめていた。集会はその月を背後に、凜とたたずむ大きなガジュマルの木の下で行われる。僕は、僕の一番近くに落ちている女子高生の魂「さくら」を誘い、一緒に集会へと向かった。

集会は、本体がマブイグミに現れにくいとされる真夜中に執り行われる。この三叉路周辺には魂がうようよしていた。つまり人間が魂を落としやすい場所ということである。原因は、事件・事故や、不注意など、様々。

「ではこれより、定期集会を始めたいと思います」

司会は持ち回りである。今回は時計屋の（前に落ちている）ミチコさんだった。僕も以前に司会をしたことがある。あがり症の僕は事前に集会場へ足をはこび、何度もあいさつや司会進行の練習をした。集会には周辺の魂ら三十個ほどが参加していた。ふだんは自分の居場所からめったに離れることがない魂たちが、同じ境遇の仲間たちと顔を合わし、会話することで、寂れた心を癒すひとときでもあった。

「みなさん静粛に……。　数日前には梅雨も明け、夏本番となってまいりましたね。本来ならなら熱中症に気をつけてくださいと注意を促したいところですが、残念ながらわれわれ魂には暑さや寒さを感じることができません……。キンキンに冷えたオリオンビールの味が懐かしい今日この頃です」

会場にどっと笑いが起きた。ミチコさんは婦人会の会長をしていたらしく、場慣れしている。パステルグリーンのとても綺麗なスーツを身にまとっているが、スカートの裾がほんの少し破れている。彼女は歩道橋の階段から落ちてしまったのが原因らしい。

「今月の入りと出を申請してもらいたいと思います。まずは新入りさんから挙手をお願いします」

会場内からぽつりぽつりと手が挙がった。新入りの魂は立ち上がって自己紹介をする。自分の覚えている限りのことをしゃべり、魂みんなで共有することで、いつか何かの役に立つだろうというのが仲間たちの考えだった。

女子高生の魂「さくら」は、僕のとなりにちょこんと座って、ぼんやりと会場のやりとりを眺めていた。会場では新入りの紹介が終わり、続いて、この一ヶ月の間に所定の場所から消えた魂の報告がされていた。

「私が消えたらワタゲさんが報告してくださいね」

さくらは僕をじっと見ながら言った。

「僕が君にいちばん近いからね」

「ワタゲさんが消えたら、私が報告するわ」

さくらはにこりと微笑んだ。

彼女は人の形をした魂だが、輪郭がぼやけていて、風景との境目があいまいだった。ネクタイがワイン色のセーラー服をきているが、全体的にピンボケした写真のようで、どこの制服なのかはよくわからなかった。

「僕が先に消えるということはないよ」

「そうかな」

「そうさ。僕の本体はどうも僕を拾いに来るつもりがないらしい」

「どうしてわかるの」

「どうしてだろう。なんとなくだけど、ちっとも自分の気配を感じないんだ」

「へぇ。そんなもんなの」

さくらは少し眉毛を下げた。会場は報告を受けた、消えた魂の数を数えている。

今月はプラス三、マイナス二、だったと時計屋のミチコさんが発表した。

魂が消えるにはふたつの理由がある。ひとつは、本体が現れマブイグミに成功したとき。もうひとつは、本体が魂を自らの懐に戻す前に、死んでしまったときである。

「今月のマイナスは、どちらもマブイグミだったらしいよ」

さくらが寂しげつぶやいた。所定の場所にいつもいるはずの仲間が（マブイグミが成功したとはいえ）、ある日忽然と姿を消すのはやっぱり寂しいものなのだ。

「からっぽな私の体は、いつになったら私を落としたことに気がつくのかしら」

さくらの声は細かった。華奢で控えめで物静かな女の子。僕はさくらのぼやけた美しい横顔を見ながら確信するのだった。たんぽぽのワタゲは、この女の子のことを、いつのまにか好きになっているということを。

僕とさくらの居場所から、国道を挟んだ真向かいに、三、四歳ぐらいの女の子の魂が、僕らの仲間入りをしたのは、集会が終わった次の日の、蜃気楼がたちこめる真昼のことだった。女の子は、自分の体ほどもある大きな犬に追いかけられて転んだのだという。魂だけになったという自覚がないらしく、いつまでもママ、ママとヒステリックに泣き叫び、夜になってもそれが止む様子はなかった。そこで見かねたさくらが、道向かいまで世話を焼きに行くことになったのだが、僕は子供に興味がないから（何事にも興味がないのだけれど）、よせばいいのに、と内心あきれながらも、子供を放っておけない彼女の優しさに感心した。

一日、二日、三日と毎日のように女の子の相手をするさくらのおかげで、その子は徐々に落ち着きを取り戻していった。僕もさくらに道向かいへ誘われることもあったが、面倒くさくて一度も国道を渡ることはなかった。道をはさんだ先にいる二人の姿は、年の離れた仲の良い姉妹のようだった。やわらかい二人のやり取りを見ていると、心が和む。こんなふうに僕たち魂の日々は、なんの変化もないまま、穏やかに過ぎて行くのだった。

さくらの本体が僕のすぐそばに現れたのは、そんな平穏そのものの何の変哲もない、平日の夕方のことだった。母親らしいどっぷりとした中年の女と、セーラー服を着た女の子。魂はぼやけてみえにくいさくらだが、本体の顔はとてつもなくはっきりとしていた。ワイン色のネクタイで、さくらにまちがいない、と僕は確信した。

だが肝心のさくらはそこにいなかった。母親らしき人が地面に座り込み、酒や味噌や握り飯なんかを置いて、マブイグミを始めた。マブヤ、マブヤ、どうかこの子の懐に戻ってきてください。母親は何度も熱心につぶやいた。さくらの本体は、座り込んだ母親の背後に立ち、呆然とそれを眺めていた。絹ごし豆腐のようなつるりとした白い肌。彫りの深い目鼻立ち。さくらはまぎれもない美少女だった。そして不思議なことに、長いまつげを伴った大きな目が、彼女に見えるはずのない僕を捕らえて離さなかった。僕はその目力に圧倒された。

数分がすぎた。マブイグミはもちろんうまくいっていない。なんせ肝心の魂がここにいないのだから。早くさくらをここへ呼ばなくては。さくらは道向かいの女の子のところにいる。僕は国道へ飛び出した。

さくら、君の本体が君を迎えにきているよ。早く、早く戻らないと。早くしないと君の本体が帰ってしまうよ。

幅の広い国道の中央分離帯まできた。あともう少しでさくらの元へたどり着く。僕は振り返って、母親とマブイグミをしている本体のさくらに目をやった。彼女は母親の背後に突っ立ったまま、首だけをこちらに向けてまだ僕を凝視している。体中のワタゲがぶるりと震えた。彼女が小さく、首を横に振っているように見えるのは気のせいだろうか。それはさておき、僕は気を取り直して、道向かいのさくらへ視線を移した。さくらは女の子の魂と陽気に歌をうたっている。か細いふたりの歌声は、薄赤に染まった夕暮れの風景と溶けあい、風音のように響いていた。仲睦まじい少女たちが幸せそうに踊っている。さくらの跳ねる体、スカートの裾、つややかな黒髪は、スローモーションで僕の脳裏に焼きついた。

僕は結局、国道を渡れなかった。美しい少女たちに目を奪われながら、こんなよこしまなことを考えていた。

あのマブイグミが成功すれば、さくらに二度と会えなくなってしまう、と。

何秒か、何分か、はたまた何時間かわからない。僕は中央分離帯に立ちすくみ、美しい少女たちを眺めていた。しばらくして我に返り、振り向くとマブイグミの親子はとうにその場を去っていた。

たちまち、後悔の念が押し寄せてきた。もしかして僕は、とりかえしのつかないことをしてしまったのではないか。僕が急げば、さくらは本体に戻れたかもしれなかったのに。僕のせいだ。僕のせいでひとつの魂が、救われたはずの魂が、またみじめな日々を送ることになってしまった。僕は激しい自己嫌悪に襲われた。僕は、あのときに国道を渡れなかった自分を悔いた。

人間ならば、自分の行為の不誠実さに嫌気がさし、頭から毛布をかぶって暗い部屋に引きこもるところだが、僕はたんぽぽのワタゲに似た、ただの落ちた魂だ。気分が落ち込んでいても自己嫌悪に陥っていても、その所定の場所から動くことはない。できればさくらから遠く離れた場所へ移動したいところだが、いつなんどき僕の本体がマブイグミに現れるかわからないので、それも叶わぬ状況であった。

「ワタゲさん、どうしたの。なんだか元気がないね」

何も知らないさくらが、僕のとなりにひざを抱えてしゃがみこんだ。

「いや、別に。いつもどおり元気だよ」

「なんだか顔色がよくないみたい」

さくらが僕の顔を覗き込んだ。

「魂に顔色も何もないだろう」

僕は自分のうしろめたさを隠すために、さくらにキツく当たった。さくらはそのぶっきらぼうな態度に反応して、

「ほらやっぱり。そんな言い方、ワタゲさんらしくないもの」

と、クイズの答えでも当てたように、ちょっと得意げな笑みを浮かべた。

「なにか悩み事とか、いやなことがあったら私に相談してね。私がいちばんワタゲさんに近いんだもの。となりに落ちたよしみ、とでもいうのかしら」

さくらはニコニコしている。彼女は道向かいの女の子と仲良くなってから、よく笑うようになった。僕はかろうじて苦笑いのようなものでやりすごす。

女の子の魂が現れてから二週間ほどたっている。夕暮れに、どこからともなく盆踊りの音楽が聞こえてきた。

「ちひろちゃんの保育園、ここから近いんだって」

あいかわらず僕のとなりに座り込んでいるさくらが言った。「ちひろちゃん」とは道向かいの女の子の名である。

「今日はちひろちゃんの保育園の納涼祭よ。本当ならちひろちゃんも新しい浴衣を着て参加する予定だったの。ちひろちゃん、踊りを忘れないようにって、魂になってからも、一生懸命練習してたのよ。でも、ついに間に合わなかったな」

さくらは自分のことにように悲しげだ。

「ちひろちゃんの体が、早くマブイグミに現れますように」

暮れかけた藍色の空に浮かぶ一番星を仰いで、さくらが祈りを捧げる。そんな健気な姿を見ていたたまれなくなった。君の本体はマブイグミに現れていた。なのに僕が知らせなかった。君が消えたら寂しいって一瞬考えてしまったんだ。僕は、自分のことしか考えられない自己中な人間だ。本当にごめん。そうぶちまけられたら楽なのに……。

「あんたたちは、いつも一緒にいて、おしゃべりしてるね」

背後から男の声がした。国道をはさんだ歩道橋のふもとを居場所としている、年寄魂の玉城さんだ。

「夫婦みたいさね」

笑った顔に、無数のしわが波打っている。

「玉城さんは、いつもふざけたことばかり言うからよ」

僕が照れ隠しに反論すると「あげ。なに赤くなってるか、ワタゲのくせに」

と、すかさず言い返された。ワタゲが赤くなってなにが悪いか、とさらに言い返そうかと思ったが、さくらが機嫌よく笑っているので、やめにした。

「こんにちは、玉城さん」

「こんにちは、さくらちゃん。いつも礼儀正しくて、おりこうさんだね」

鼻の下がのびた玉城さんは、僕とさくらの間に入り座り込んだ。

「ところであんたたち、あの話きいたかね」

玉城さんは急に声色をかえた。

「あんたたちはあまり散歩もしないで一日中でもここでおしゃべりしているから、ぜんぜん知らんと思うけどね」

玉城さんは高揚しているようだった。彼は、うわさ話が大好物である。たいしたことのない小さな話題も玉城さんというフィルターを通すと、重大なニュースに成り代わる。僕は人間だった頃を少し思い出した。組織の中でも、人々はうわさ話に夢中だ。他愛のない小さなミスを犯しただけでも、たちまち話題のネタに吊るし上げられた。今日もあの人が発注のミスを犯しただの、○○店舗の営業職の女子がうつ病にかかっただの、だれとそれが付き合っているだの、しかもふたまたしているらしいだの、不倫しているだの、それが理由で離婚しただの、まだしていないだの、等々、数え上げればきりがない。つまらないうわさ話は氾濫した川のように社内中に流れ込み、まわりの人間を容赦なく渦に巻き込んでいった。うわさ話の発起人はいつもだれかを標的にしようと狙っている。だから僕は静かに目立たず、物言わずを心がけていた。もともとそんな感じの性格ではあるが。

「四、五日前に、めずらしい魂がワンの近くに落ちてきよったわけよ」

玉城さんはとても楽しそうだ。

「新しい魂ですか」

「やさ」

「めずらしいって、何がめずらしいの」

僕とさくらは徐々に興味がわいてくる。うわさ話の不思議な魅力である。

「四十半ばくらいのナイチャーの魂だけどよ。こんなぶっとい黒縁メガネをかけているから、ワンがメガネとあだ名をつけようとしたら、そいつが先に、橋本です、と名乗りよったわけ」

僕を呼び名を名づけたのも玉城さんだった。僕は本名を覚えていなかったから、その日から名実ともにワタゲとなった。

「橋本という男は、マブイヌギしてしまったことも、本来の自分のことも、生年月日とか年齢とか、出身とか、家族構成とか、職業なんかも、なんでも覚えているみたいだわけ。会社の住所、電話番号、自分の携帯電話の番号、果ては奥さんの電話番号とかまで、なんかも覚えているってさー」

「へえ!」

僕とさくらは驚いた。そんな細かな部分まで覚えている魂に、今まで会ったことがない。

「さすがナイチャー、僕らウチナーンチュとは賢さがちがうね」

「おまえはただ、やる気がないだけやさに」

玉城さんはとりわけ僕にきびしい気がする。

「とにかく、次の集会は楽しみやんど。橋本が何言うかわからんけど、なんかしでかしてくれるんじゃないかと、チムワサワサーしているさ」

玉城さんが豪快に笑っている。僕とさくらは顔を見合わせ、苦笑いした。

玉城さんが待ち焦がれている次の集会の日がやってきた。僕はその橋本という人物に会ったことはなかったが、この三叉路に彼の噂はどんどん広まっていた。

「みなさん静粛に。これより定例会を始めたいと思います」

今日の司会は本屋の（前に落ちている）新垣さんだった。いつもどおり淡々と会は進んでいく。新垣さんは時計屋のミチコさんと違い、前フリなしですぐ、本題の、この一ヶ月の魂の入りと出の報告を促した。僕の隣にはさくらが、さくらの隣にはちひろがいる。僕らは三人並んで座った。会場はなにやらいつもとはちがう空気が漂っていた。ふだんなら、たまに会う仲間との交流で、心癒された魂たちの笑顔で溢れているはずが、今日は微妙に空気が張り詰めたままだ。きっとみんな「橋本」の登場を心待ちにしているのだ。そんな僕もやじ馬根性とでもいうのか、なんだか落ち着かなかった。

新しい魂の自己紹介が始まった。いちばんに手をあげ、発言したのが橋本であった。

「みなさんはじめまして、橋本直樹と申します。よろしくおねがいします」

橋本の、太くて澄んだ堂々たる声に、僕とさくらは顔を見合わせた。橋本は壇上にでも上がったように背が高く、僕ら群集を見下ろしている。骨太でがっちりとした体格に、玉城さんが言った太い黒縁メガネをかけていた。若く見えるが四十代半ば、といったところか。服装はポロシャツの上に白衣をまとい、気難しい医者のようにも見えた。僕は、その風貌も声も表情も、橋本のすべてが鮮明であることに目を奪われた。彼は落ちた魂にはまるで見えない。あたかも本体がそこにいるかのように、くっきりと立体的に浮かび上がり、ずっしりとした重量感に溢れていた。たんぽぽのワタゲとは存在感に雲泥の差があった。

「みなさん、僕が落ちた魂となって数週間が過ぎました。僕は琉球大学で医療関係の研究をしているものです。出身は東京都、沖縄に赴任してきて五年が経っています。実は来月、赴任期間が終わり、家族とともに東京へ戻る予定になっている身です」

橋本はゆっくりと丁寧に話しはじめた。

「だから僕は急いでいる。焦っているのです。僕は、このままここに落ちたまま、本体だけを東京へ返すわけにはいかないのです。そこでみなさんにお尋ねしたい。みなさんはここで何年、自分の体がマブイグミに現れるのを待っていらっしゃるのですか」

橋本のやわらかい口調が変わった。

「もう一度、聞く。みなさんは一体、あとどのくらいの時間、ここにとどまるおつもりだろうか。自分の本体が現れるのを、今か今かと待ち焦がれているだけの生活を、これまでいったいどれくらい過ごされてきたのでしょうか。そしてこれから先もそんな生活を、あと何ヶ月、あと何年、あと何十年お続けになるつもりなのでしょうか」

橋本は魂たちを見据える。魂たちは黙って聞いていた。

「そんなもの、ただの叶わない夢、ただのあてのない希望です」

魂たちは一斉に、ごくんと唾をのんだ。

「はっきり申し上げます。みなさんはこれから先もその不確かな希望にすがり、くだらない夢を抱いたまま、ここから身動きできないでいることでしょう」

橋本の批判的な発言に会場がざわついた。橋本は雑音が収まるのを待ち、また話し始めた。

「みなさんはこう考えたことがありますか。自分の本体が自分を拾いにくるのを待つのではなく、自ら本体のもとへと出向くのだと」

魂たちは言葉を失い、しんと静まり返った。僕は橋本の言葉の意味がすぐにはわからなかった。

「みなさんは落ちた魂です。僕も同じく、不本意ながら落ちた魂となってしまいました。僕はいわゆるナイチャーです。僕は沖縄の人たちがびっくりしたときやショックを受けたときに魂を落とす、と言うのを聞いて、正直、心の中で笑っていました。しかも本気でその落とした魂を拾いに行く人がいるということを聞いて、ほとほと呆れていました。でも今度は僕がみんなに笑われる番です。信じていないはずのマブイヌギ、実際に僕はこうして落ちてしまいました。マブイヌギにウチナーンチュもナイチャーも関係ないのです。日本人もアメリカ人も関係ない。なぜならみんな、魂を持った人間だからです。だから僕はこの事実を受け入れます。さて、再び、みなさんのことをお聞きします。みなさんは、自分が落ちた魂であることをちゃんと受けとめて、自覚していますか?」

会場はずっと静かだった。黒いガジュマルの木から、こうもりの影が羽ばたいて行くのが見えた。

「自分が何者か、ちゃんと覚えていますか」

僕は息を呑んだ。橋本の言葉は僕の弱々しいワタゲの中心に、ぶすりと突き刺さった。

「さあ、みなさん、立ち上がりましょう。鎮座し続けたその場所から、勇気を出して立ち上がりましょう。僕たちが、ただ待っているだけの生き物じゃないということを証明しようじゃありませんか。魂のほうから体を探し、自らその懐に飛び込もうじゃありませんか。何も恐れるものなどありません。人生を賭けた大冒険に挑もうとも、僕たちに失うものなどひとつもありません。そう、僕たちは、実体を持たない、ただの落ちた魂なのですから」

どこかの国の大統領の演説のようだった。橋本は体全体を使って僕たちに訴えかける。

「さあ、みなさん。僕と一緒に、ここから未来へ向かって歩き出そうではありませんか」

台風の目に入ったみたいに静まり返った会場に、だれかが放った拍手がひとつ、パンと響いた。その音で我に返った魂たちが次々に拍手を鳴り響かせる。

「オー！」

魂たちは雄たけびをあげた。会場は感動的な舞台が終了したあとのスタンディングオーベーションを彷彿とさせた。橋本の、従来の考えを一変させる奇抜な発想に、だれもが度肝を抜かれ、心動かされた。

「自分から本体を探し、自分からその懐にとびこむ……？」

熱狂的な唸りと大拍手の中、僕だけが橋本に賛同できずに取り残されていた。僕は、自分の本体のこと、つまり自分のことを何も覚えていない。橋本の言葉に感動しながらも、胸にはがっぽりと穴が空いている。いったいぜんたい「僕」という中身はどこにいってしまったのだろう。

「出発は一週間後にします。僕とともに踏み出す決意をしたものは、朝の七時にこのガジュマルの前に集まってください。僕の頭の中にはこの沖縄の地図がほぼ記憶されています。僕が出来る限りのことをサポートします。だから、なんでもいい、この一週間で自分と向き合い、自分が何者だったのかを細かく思い出してみてください。そこには必ずなにか手がかりがみつかるはずです。僕は南部に住んでいますが、もし僕と一緒に行きたいという人がいるのなら、遠回りしてもいい。僕が案内できるところは行きます。さあみなさん、一緒にこの場所から一歩を踏み出そうじゃありませんか！」

再びオー、という魂たちの太い声が、深い夜に寝静まるまわりの生き物たちを驚かせていた。魂たちの滞った長い年月、溜まっていたうっぷんが、突風のように巻き起こり、ワタゲの僕は飛ばされないようにするだけで精一杯だった。

僕は隣にたたずむさくらの横顔を見た。いつもならぼやけているはずのさくらの顔が、目が、満月の光に輝き、いきいきと潤っていた。


集会のあと、僕はめずらしく散歩に出かけた。散歩といってもそう遠出はしない。行ってもこの三叉路をまたぐ歩道橋の上までだ。僕は、僕が落ちた魂になった原因の、花嫁の看板を眺めていた。

「君があのとき僕に微笑みかけるから、僕はこんなみじめな姿になってしまったんだよ」

看板の花嫁は、満月の月明かりに照らされて美しかった。

橋本の言葉が頭の中をぐるぐると巡っている。落ちた魂が、本体を求め自らが歩き出すなんて、僕にはとうてい考えられない発想だった。魂たちはみんな、いきごんでいた。いまにも枯れそうな草花たちに、恵みの雨が降り注いだように、みんなには生きる力がみなぎっていた。でもなぜか僕は、橋本の考えに同意できずにいた。行けるわけがないではないか。自分の本体まで無事にたどり着けるわけがないではないか。こんな亡霊とも生霊とも取れない、小さな存在の僕たちに、橋本のいう大冒険を成し得ようがないではないか。こんな否定的な考えだけが、体の底からあふれてくる。なんでこんなにイライラするのか不思議だ。僕は何に対して苛立っているのだろう。

「そんなの決まってるじゃない。あなたに勇気がないからよ。ほんの、これっぽっちもね」

聞きなれない女の声だった。うしろを振り向いたが、誰かがいる気配はない。

「こっちよ、こっち」

声のするほうに自然と目がいく。看板の花嫁が、真っ赤な唇をぐっと持ち上げ、僕に笑いかけていた。

「ひっ……」

僕は言葉を失った。

「あなたはね、私のせいでマブイヌギしたと思っているみたいだけどそれは大間違いよ」

まちがいなく看板の花嫁がしゃべっていた。僕は恐怖と驚きに気を失いそうになった。

「き、君、は、話ができるの」

花嫁は「ええ」とうなずいた。白無垢が月の光で青く見えた。

「雨の日だったわね。あなたはバカな運転で事故を起こしたのよ。あんなに急発進でハンドルをきったら、バンタイプの軽自動車なんて、簡単に横転するに決まってる。単独事故で幸いだったわね。だれかを巻き込んでいたら、ここにもう何個か魂が増えているところだったわ」

花嫁が嘲笑った。

「ほんとバカとしか言いようがないわ。なぜあんな運転《まね》をしたの」

花嫁が僕に尋ねた。

「知らないよ。覚えていない」

僕は即答した。それは本当だった。覚えているのは僕もそこまでだから。

「うそだわ。あなたは覚えていないフリをしているだけなんじゃないの」

花嫁が鋭い質問と眼差しを放つ。もう真夜中なのに、オスプレイが羽音を轟かせながら天の川を横切っていった。

「覚えていない……フリ?」

僕はドキンとした。もしかしたらそうなのだろうか。僕は、わざと本来の自分のことを、忘れようとしているのだろうか。

おぼろげな記憶が井戸の底から這い上がる幽霊のように、僕の脳裏に現れだした。

あの雨の日。ハンドルを握る僕は無性にイライラしていた。原因は仕事で大量の発注ミスを犯してしまったからだ。女子事務員に「でくのぼう」とか「役立たず」などと散々どやされ、同僚からも「だから逃げられるんだよ、客にも、かみさんにも」とからかわれた。上司は「いつものことだ」と呆れ顔で、僕を叱りもしなかった。あまり出来のよくない僕は、すでに社内の噂の的になっていた。でもそれならまだマシだ。もう少し時間がたてば、いじめの的になることまちがいないはずだから。僕は、自分でも自分の能力の無さをわかっているから、逃げも隠れもできず、ただただ、針のむしろに座らされるのを、黙って耐えるしかないのだった。

家に帰っても、妻と顔を合わせれば文句しか言われなかった。子供はいなかった。なかなか恵まれなかった。一日中、まじめに働いても、妻からは「能無し」か「種無し」としか言われなかった。同期たちはどんどん出世し、給料も待遇も良くなっていくのに、僕は一向に初任給のままだった。せめてもと家事を手伝っても「そんなことより残業代でも稼いできたら」と嫌味を言われた。妻には、別の男の影がちらほら見え隠れしていたが、僕には、それを問い詰める勇気も度胸もなかった。そんな意気地のない夫の性格を妻もまた見越していたのだ。

僕は生き方が下手だった。小さい頃からなにひとつ、うまいこと事が運ばない。要領の悪さは天下一品。がんばっても、がんばった分だけ空回りした。だから次第にがんばらなくなっていった。がんばらなくなったら、なんだか全部がどうでもいいことのように思えてきて、自然にだんだんと、妻の言う「だらしない人間」になってしまったのだろう。

「自分のことを思い出したみたいね。ほら、もうたんぽぽのワタゲじゃなくなってる」

花嫁に言われてハッとした。商店のショーウィンドーに映った自分を探すと、そこにはたんぽぽのワタゲではなく、人間の姿をした僕が立っていた。

どこかの会社の作業着を着た、三十くらいの、ひょろりとした細身の男がそこにいた。ちょうど玉城さんを若くした感じだろうか。猫背で、髪の毛は少し伸びて、ばさばさとまとまりがない。ところどころに白髪がまじっている。手で頬をなでてみた。つるりとしてはりがある。まだまだ若い部類に入るのに、目は精気を失って、肌は今にも死にそうなほど青白かった。

「僕は今、どこでなにをしているのだろう」

ショーウィンドーの自分に問いかけた。

「きっと、病院のベッドの上ね」

僕の代わりに、花嫁が答えた。

「なるほど。そうかもしれない」

花嫁が出した答えに妙に納得した。僕はあの事故のあと、病院に運ばれ、意識不明の重態。自業自得。なんだか僕の人生の結末に、とてもしっくりくるような気がした。

「結末？　これがあなたの結末なの」

花嫁の口調が厳しくなる。

「どういう意味」

「あなたって、本当に情けない人ね」

花嫁まで僕に呆れている。

「何が情けないのさ」

「あなたね、行こうと思わないの？　自分を探しに、自ら本体のある場所へ、あの橋本という男と一緒に行こうと思わないの？」

花嫁の口調はいっそう強くなった。

まさか。まさか。

僕の鈍い脳みそが、徐々に動き出す。

「近くの病院を当たるのもいいじゃない。このあたりで救急を受け入れている病院は多くないはずよ。そこをひとつずつ訪ねていけばいいじゃない。……それに、あなたのその作業着の左胸……」

花嫁が目を細めて僕の胸元を見ている。

「まだぼやけてよく見えないけど……なんとか建設、って書いてあるように見えるわ」

なぜか花嫁のほうが必死だった。

「なんとか、建設……」

僕は作業着の左胸をつまみあげた。たしかにぼやけてはいるが、どこかの会社名のようだった。

「あなただって、きっと行けるわ」

「行ける？　僕が……？」

花嫁が力強くうなずいた。

「あなたの気持ち次第だわ。もっと自分と向き合えば、いろんなことがはっきりとしてくるはずよ。その会社名もきっと思い出せる。あなただって、きっと行けるはずだわ」

行ける？　この僕にも行けるだろうか。

さっきまで、ありえないと否定していた橋本の言葉が浮かんだ。

「ただ待っているだけじゃない。勇気を持って一歩を踏み出そう。何も怖くない。何も失うものなどない。僕らは落ちた魂なのだから」

何も怖くない？　本当だ。

僕には、今さら失うものなどひとつもない。

勇気のしずくが一滴、首筋から背中へと流れてゆくのを感じた。

さくらは所定の場所にいた。ひざをかかえて満月を眺めている。横顔がやはりいつもとはちがう。ぼやけた輪郭が、今日ははっきりと浮かび上がっていた。

「あなた、ワタゲさん？」

さくらは人の形をした僕を見上げて驚いた。

「君こそ、今夜はやけにはっきりしてるね」

とてつもなく美しい目をしている。長いまつげが健気に瞬く。白桃のような可愛らしい頬。うっすらピンクに染まった薄い唇はぷるりと潤っている。どこを探しても欠点など、まるでみつからない。以前ここに、マブイグミに現れた少女と同じ、紛れもない美少女であった。

「ワタゲさんも、橋本さんと行くの」

「うん。たぶん」

「……さみしくなるね」

「君は、……行くの？」

さくらは小さくうなずいた。

「でも私は、自分を探しに行くんじゃないの。あの子を、ちひろちゃんを探しに行くのよ」

「ちひろを……」

さくらは僕の手を握った。今にも泣きそうな顔をしている。僕は、さくらに伝えなくてはいけないことがある。ここを去る前にちゃんと言わなくちゃいけないことがある。

「さくら、僕は君に謝らなくてはいけないことがあるんだ」

さくらはきょとんと僕を見つめた。

「だいぶ前のことになる。君は知らないはずだけど、実は、君の本体がマブイグミに現れたことがあるんだ」

さくらは、え、と小さく驚いた。

「そのとき君は反対側の道路でちひろと遊んでいた。僕は君を呼びに国道を横切ろうとした。でも、できなかったんだ」

のどのあたりが詰まる感じがした。

「なぜできなかったの」

さくらは澄んだ目で僕に尋ねた。まるで答えを知っているみたいに穏やかな表情をしている。

「僕の自分勝手な気持ちだよ。君がマブイグミで本体に戻ってしまったら、もう二度と君に会えないと思ってしまったんだ。謝って済むことではないと思っている。本当に、ひどいことをした。さくら、本当にごめん、申し訳なかった」

僕は頭を下げた。しばらくして、さくらの肩から、ふ、と力が抜けたのがわかった。

「ありがとう、ワタゲさん」

「え？」

笑顔のさくらをみて僕は驚いた。責められる、呆れられる、嫌われると覚悟したのに、彼女はいつものように優しい目をしていた。

「マブイグミが失敗してよかった。私ね、……戻りたくないの、自分の体に」

さくらの下まぶたには、今にも流れ落ちそうなほど涙が溜まっていた。顔が動くたびに月明かりに照らされて、きらりと光った。

「私ね、この歩道から、車に飛び込んだの。登校中にとっさにね。自殺を図ったんだと思う。自分でもよくわからないけど、歩きながら、死にたい、死にたいと呟いていたのだけは今でも覚えているわ。でも運が良いのか悪いのか、魂は落ちたけど体は無傷だったみたい。私ね、実は学校でいじめられてたの。友達はひとりもいなかった。私と仲良くしたら、同じようにいじめられるとみんな思っていたのかしらね。いいえ、ちがうわ。きっとただ単に私のことが嫌いだったのかもね。家に帰っても成績のことで、朝から晩まで親に責められていた。上達しないピアノとバイオリンのことでも、たくさんたくさん叱られた。怒鳴られたこともある。ときには息ができなくなるほどイヤなことを延々と言われたりした。ママは私のために、って言うけど、そうは見えなかった。自分の娘なら出来てあたりまえ、やればもっともっと出来るはずだ、そういう考えだったと思う。あれは親の、子供に対する期待という名の拷問ね。私、だんだん勉強が嫌いになった。習い事も、習い事の先生も、友達も学校も嫌いになった。そして家族も大嫌いになった。気づいたら、私には好きなものが無くなっていた。ワタゲさん、自殺するには、あまりにありふれた理由でびっくりしたでしょ。でも私は叫んでいた。でもその叫び声に誰も気づいてくれなかった。だから私ね、あの体には絶対戻りたくないの」

さくらの言葉に僕はただ驚くばかりだった。落ちた魂は、常に体に戻りたがっているものだと思っていたから。

「私は落ちた魂になって幸せだった。いやなことからすべて解放されたから。未来のことなんかちっとも考えないでいい世界。そして優しいワタゲさん、可愛いちひろちゃんと過ごせた、あったかい時間。こんないいこと、人間だったときには味わったことがないくらいよ」

さくらが僕に抱きついた。触れた髪が、柔らかかった。

「ワタゲさんのこと好きだった。穏やかで、大らかで、温かくて。大好きだったわ。私、きっとちひろちゃんの体を探し出して、あの子を元の世界に戻してあげるの。そしてまた、この場所に戻ってくる。生きた心地がするこの場所が大好きだから。そのときワタゲさんはもういないかもしれないね。ワタゲさん、ワタゲさんはきっと自分の体に戻ってね。そして本来の姿で、またここに立ち寄ってほしいの。私、本当のあなたの姿を、この目でみてみたいから」

さくらが僕を強く抱きしめた。僕もさくらを強く抱きしめた。今まで感じたことのない、なにか、熱いものが全身を駆け巡っている。

「私、忘れないからね、ワタゲさんのこと、絶対に忘れない」

この気持ちは一体なんだろう。ここを去る勇気がみなぎっているのか。それともさくらとの別れを惜しんでいるのか、わからない。僕らは満月の光にさらされながら、時を忘れていつまでも抱き合っていた。それぞれの道を歩みだす勇気がしぼんでしまわないように、僕らは自問自答を繰り返す。

『僕にも、私にも、できることがまだある』

気まぐれに吹いた小さな風で、その決心はすぐに揺らいでしまいそうだった。僕らはみんな、ちょっとしたことですぐに心がポキンと折れてしまう、ちっぽけな、か弱い生き物だから。

出発の日は、いつもと変わらず、朝から熱を含んだ湿った風が三叉路にこもっていた。唯一、ガジュマルの木の下だけが砂漠のオアシスのように涼を確保している。橋本は、誰よりも一番にその下に立っていた。ガジュマルの幹のような男。そのふもとに僕は二番目にたどりついた。橋本が僕をみつけて、苦笑いを浮かべている。

「おはようございます」

どちらともなく挨拶をかわす。

「今日、みんな現れますかね」

面倒な世間話は省いて、僕はすぐに話の芯に触れた。橋本は少し間を置いてから、落ち着いた様子で言った。

「みなさんが現れても、現れなくても、僕は今日出発します。そのついでに、と言っちゃなんですが、ここにいる魂の一人でも、元の体に戻ることを手伝えるなら と、先日、集会で声をかけた、それだけのことです。ここの住人が、僕と一緒に行くも行かないも、個人の自由ですよ」

橋本は額と首筋の汗をハンカチで拭った。

「橋本さんは暑さを感じるんですね」

僕ら魂は暑さや寒さの体感が衰えている。むりもない。僕らは実体を持たない「魂」なのだから。

橋本は笑ってこう言った。

「僕は本体にいるころとなんら変わりはないんです。暑いし寒いし、腹が減る感覚もある。もちろん何も口にはできませんが……。早くハンズのステーキをたらふく食いたいと思ってますよ」

橋本が、あははと笑った。

「なら橋本さん。魂が本体にいるときとなんら変わりがないのなら、しいて戻らなくてもいいんじゃないか、と僕なら思ったりしますが」

僕はまた単刀直入に切り出した。橋本は汗を拭う動作をやめて僕の目をじっとみつめた。

「さっきも言ったように、行くのも行かないのも個人の自由ですよ。なるほど。それがあなたの本心なんですね。だからあなたは、まだそんな姿のままというわけか。そんなナリでは本体を探す手がかりは、わかりそうにもありませんね……」

橋本に言われなくてもわかっている。僕が人間の形をした魂だったのは、この一週間の二日くらいだ。三日目からは元のワタゲに戻っていた。

「僕は、やっぱり帰りたくないんです」

「帰りたくない？　本体に、ですか」

図体のでかい橋本が僕の正面に向いた。

「あなたはなぜ、帰りたくないのですか」

橋本はこらえきれず、といった感じで、かすかに鼻をふん、と鳴らした。そして意味ありげに間を空けてから、

「――まあ、個人の自由ですが」

と、ちいさな声でそう言った。

でも僕は見逃さなかった。

「個人の自由」といいながらも橋本の目は、僕を見下していた。そうだ。僕みたいな気が小さく、固く決心したはずの物事もほんの一週間でくつがえってしまうような情けない男のことを、彼は心の中では批難しているに違いない。

人間だったときも、魂になってからも、僕はやっぱりだらしないダメ人間なのだ。彼のように、このうえなく上質な人生を歩んでいるやつらに、僕みたいな惰性で生きている人間の気持ちなど、少しも理解できないに決まっている。僕はなぜここから動かないのか、なぜ動けないのか、僕はなぜ先を、未来を考えないのか、なぜ考えられないのか、僕はなぜ何もできないのか、そして僕はなぜ簡単に「できない」と言えるのか。できる側の人間は、できない側の人間の本質を見抜こうとせず、「できない」のは悪だと決め付け、吊るし上げ、見せしめにし、他人の視線でおしおきをする。僕は聞きたい。じゃあ僕が立派な人間になるにはどうすればいいのか。僕みたいな生まれつき能力が無い人間も、努力すれば彼みたいな人物になれるというのか。僕は言いたい。僕は生きているだけで精一杯だった。「平凡」を保つのに必死だった。でもすでに「平凡」は通り過ぎていた人生なのかもしれない。転げ落ちるのは簡単だ。振り落とされないように必死にしがみついた指も手も腕も、しびれてすでに感覚がなかった。それでも毎日、生きていかなくてはいけないのだ。僕は橋本とは違う。生まれ持った素質が、もともとの何かが違うのだ。全然ちがうのに、なぜまわりは「同等」を求めるのか。僕の圧力の弱い脳みそで考えても、努力だけではとうてい報われないこともあるということぐらいわかる。「できる人間」がいるように「できない人間」がいて何が悪いのだ。弱い立場の心情を理解できていないのは、世の中の「できる人間」の方だ。僕だってできれば「平凡」より上で生きたい。もっと幸せになりたい。でもどうしようもないこともある。それを自分のせいだと責められても、どうしようもないのだ。気が遠くなるくらい前から仕組まれた運命のようなものには、きっと橋本でも逆らえない。だれも逆らえないのだ。

気がつけば、僕にしては珍しい感情がみなぎっていた。その感情は「怒り」に間違いなかった。僕は怒っていた。橋本にも、世の中にも。そして不甲斐ない自分自身にも。

僕は無意識に目の前の男へ襲い掛かっていた。いや、無意識とは少し違う気もした。野生動物でさえ、今の僕よりは理性が働いているといえるかもしれない。僕というケモノは、目の前の、自分の領域を脅かす敵から自らを守るかのごとく、一心不乱に彼の顔面へとキバを向いた。

敵は驚くひまもなく、突然の出来事に「うわ」とひと声をあげただけで、そのあと、頭から僕へ飲み込まれた。僕は体全体を大きな口へと変形させ、頑丈な歯でバリバリと音を立てながら、橋本の頭を噛み砕いた。怒りに身をまかせ、彼をたちまち飲み込んでいった。

リアリティあふれる彼の体からは、本体さながら赤い血が噴出し、僕の歯にもぎとられた肉の断片からは、生臭い匂いした。彼の血しぶきが僕の白いワタゲや、灰色の地面や、ガジュマルの幹を、みるみる赤黒く染めていった。彼の悲鳴が僕のおなかで響いているような気もしたが、骨を砕く豪快な音にかき消された。

　率直に言って、彼はすごくうまかった。驚いた。生まれてはじめてこんなにうまいものを食ったと思った。僕は彼を夢中でむさぼった。橋本はほぼ僕に食われ、あとは足くびから下しか残っていなかった。僕は彼を食べてはじめて、自分自身が飢え死にしそうだったのだと気がついた。橋本の「人柄」がうまかった。「みなぎる自信」がうまかった。「研ぎ澄まされた知能」や「豊かな知識」、「あふれんばかりの才能」「生活の豊かさ」「立派な仕事」「ゆるぎない地位」や「名誉」、「精神的な余裕」がうまかった。すべて僕が一度も味わったことのないものばかりだった。僕は彼を通して味わった「生きている感覚」に涙ぐんだ。僕とこんなにもちがう彼が憎くて、羨ましかった。そして悔しかった。僕は、僕の今までの人生を恨んで泣いた。

　僕は最後に、橋本の足を靴のまま、ごくりと飲み込んだ。橋本は、頭のてっぺんから足のつま先まで、それこそ何から何までが、うまくてうまくて、しょうがなかった。

へびがねずみを丸呑みしたときのような姿の僕を見て、ガジュマルのふもとにたどり着いたさくらとちひろが、甲高い悲鳴をあげた。さくらはあの夜から変わらず、輪郭がはっきりとしている。僕が食べてしまった魂と、ここを出発する決心は揺らいでいないようだった。

ちひろが僕の形相に泣き出した。さくらは取り乱しながらも、ちひろを抱きしめ、僕に何かを必死で叫んでいた。でも今の僕に、さくらの言葉を理解することはできなかった。そしてたぶんこれからも無理だろう。僕の心はただ、もっと味わいたいという欲求に支配されていた。僕にはない「生きている感覚」をもっと、もっと味わいたい。

僕は今にも飢え死にしてしまいそうだ。

さくらはどんな味がするだろうか。

■第41回新沖縄文学賞受賞エッセー

ネコの魔法

このたびは栄えある賞をいただき、誠にありがとうございました。選考委員の先生方、ならびに沖縄タイムス関係者の皆様、私の心の大きな支えになってくれた家族の皆様に、厚く御礼申し上げます。

特になんの取り柄もなく、すべてにおいて「普通」に育った私が、唯一夢中になれることといえば、オタクと呼ばれてもおかしくないほど映画やアニメを観ることでした。気に入った映画の気に入ったシーンは、何度も巻き戻しては再生し、ビデオのテープが擦り切れるころにはセリフを完全コピーしてしまうほどでした。いつのころからか、大好きな「ものがたり」を自分でも作ってみたいと思うようになり、中学二年生のときに初めて文字だけの「ものがたり」にトライしました。魔法が使えるネコが主人公でしたが、わずか五ページほどであっけなく放置状態となり、ネコは自慢の魔法を使う間もなく「ものがたり」は闇に葬られてしまいました。それから高校生のあいだに別の作品をひとつ仕上げましたが、私が愛した映画やアニメの「ものがたり」とは、ほど遠い出来となり、その作品は私に夢と希望を与えるどころか、センスの無さを認識させるだけのものとなったのでした。

仕事に遊びに恋愛にと二十代は瞬く間に過ぎていきました。三十代前半で結婚し、子供もまだなく、まったりとした夕食後、ふいに、「なにか始めてみようかな」という思いが芽生えました。なぜ急にそんなことを思ったのか？　いまだよくわかりません。家の外で猫の鳴き声が聞こえたような気がしました。

あの猫だろうか。私が中学生のときに、どこかに置いてきてしまった、あの魔法のネコ。私はパソコンを立ち上げ、かちゃかちゃと何か（ものがたりのようなもの）を書き始めました。それが今から八年前。それ以来、とりつかれたように「ものがたり」を書く日々が始まったのでした。あのネコが、私に魔法をかけてくれたのかもしれません。

　現在は子供二人に恵まれ、仕事に育児、家事と慌しい毎日を過ごしておりますが、創作活動はそんなせわしい日常から、私を別世界へと瞬間移動させてくれるタイムマシーンのような存在となっております。読んでいても書いていても「ものがたり」は、息抜きやガス抜きの役割をしてくれているのです。

　故郷を巻き込んだ第二次世界大戦は、いまや遠い昔の出来事になってしまいました。戦争関連の本や漫画、アニメや映画も、徐々に「歴史物」のような扱いになりつつあると感じています。現在を生きる人に、どうすればリアルに戦争を感じてもらえるのか、どうすれば戦争の恐怖や悲惨さを、すぐ隣にあるものとして感じてもらえるかを工夫して、今の私の精一杯の文字で表現してみました。微量の風が、さわさわと髪の毛を揺らすように、この作品が少しでも読んでくださる皆様の心に触れることができたら、とても光栄です。

これからもマイペースに、ですがしっかりと上を向いて「ものがたり」と共に、人生を歩んで行きたいと思います。

新沖縄文学賞歴代受賞作一覧

第1回（1975年）応募作23編
受賞作なし
佳作：又吉栄喜「海は蒼く」／横山史朗「伝説」

第2回（1976年）応募作19編
新崎恭太郎「蘇鉄の村」
佳作：亀谷千鶴「ガリナ川のほとり」／田中康慶「エリーヌ」

第3回（1977年）応募作14編
受賞作なし
佳作：庭鴫野「村雨」／亀谷千鶴「マグノリヤの城」

第4回（1978年）応募作21編
受賞作なし
佳作：下地博盛「さざめく病葉たちの夏」／仲若直子「壊れた時計」

第5回（1979年）応募作19編
受賞作なし
佳作：田場美津子「砂糖黍」／崎山多美「街の日に」

第6回（1980年）応募作13編
受賞作なし
佳作：池田誠利「鴨の行方」／南安閑「色は匂えと」

第7回（1981年）応募作20編
受賞作なし
佳作：吉沢庸希「異国」／當山之順「租界地帯」

第8回（1982年）応募作24編
仲村渠ハツ「母たち女たち」
佳作：江場秀志「奇妙な果実」／小橋啓「蛍」

第9回（1983年）応募作24編
受賞作なし

佳作：山里禎子「フルートを吹く少年」

第10回（1984年）応募作15編
吉田スエ子「嘉間良心中」
山之端信子「虚空夜叉」

第11回（1985年）応募作38編
喜舎場直子「女綾織唄」
佳作：目取真俊「雛」

第12回（1986年）応募作24編
白石弥生「若夏の訪問者」
目取真俊「平和通りと名付けられた街を歩いて」

第13回（1987年）応募作29編
照井裕「フルサトのダイエー」
佳作：平田健太郎「蜉蝣の日」

第14回（1988年）応募作29編
玉城まさし「砂漠にて」
佳作：水無月慧子「出航前夜祭」

第15回（1989年）応募作23編
徳田友子「新城マツの天使」
佳作：山城達雄「遠来の客」

第16回（1990年）応募作19編
後田多八生「あなたが捨てた島」

第17回（1991年）応募作14編
受賞作なし
佳作：うらしま黎「闇の彼方へ」／我如古驟二「耳切り坊主の唄」

第18回（1992年）応募作19編
玉木一兵「母の死化粧」

第19回（1993年）応募作16編
清原つる代「蝉ハイツ」
佳作：金城尚子「コーラルアイランドの夏」

第20回（1994年）　応募作25編
知念節子「最後の夏」
佳作：前田よし子「風の色」

第21回（1995年）　応募作12編
受賞作なし
佳作：崎山麻夫「桜」／加勢俊夫「ジグソー・パズル」

第22回（1996年）　応募作16編
崎山麻夫「闇の向こうへ」
加勢俊夫「ロイ洋服店」

第23回（1997年）　応募作11編
受賞作なし
佳作：国吉高史「憧れ」／大城新栄「洗骨」

第24回（1998年）　応募作11編
山城達雄「窪森」

第25回（1999年）　応募作16編
竹本真雄「燠火」
佳作：鈴木次郎「島の眺め」

第26回（2000年）　応募作16編
受賞作なし
佳作：美里敏則「ツル婆さんの場合」／花輪真衣「墓」

第27回（2001年）　応募作27編
真久田正「鱬鯉」
佳作：伊礼和子「訣別」

第28回（2002年）　応募作21編
金城真悠「千年蒼茫」
佳作：河合民子「清明」

第29回（2003年）　応募作18編
玉代勢章「母、狂う」
佳作：比嘉野枝「迷路」

第30回（2004年）　応募作33編
赫星十四三「アイスバー・ガール」
佳作：樹乃タルオ「淵《クムイ》」

第31回（2005年）応募作23編
月之浜太郎「梅干駅から枇杷駅まで」
佳作：もりおみずき「郵便馬車の馭者だった」
第32回（2006年）応募作20編
上原利彦「黄金色の痣」
第33回（2007年）応募作27編
国梓としひで「爆音、轟く」
第34回（2008年）応募作28編
松原栄「無言電話」
美里敏則「ペダルを踏み込んで」
森田たもつ「蓬莱の彼方」
第35回（2009年）応募作19編
大嶺邦雄「ハル道のスージグァにはいって」
富山洋子「フラミンゴのピンクの羽」
第36回（2010年）応募作24編
崎浜慎「始まり」
佳作：ヨシハラ小町「カナ」
第37回（2011年）応募作28編
伊波雅子「オムツ党、走る」
佳作：當山清政「メランコリア」
第38回（2012年）応募作20編
伊礼英貴「期間工ブルース」
佳作：平岡禎之「家族になる時間」
第39回（2013年）応募作33編
佐藤モニカ「ミツコさん」
佳作：橋本真樹「サンタは雪降る島に住まう」
第40回（2014年）応募作13編
松田良孝「インターフォン」
佳作：儀保佑輔「断絶の音楽」
第41回（2015年）応募作21編
長嶺幸子「父の手作りの小箱」
黒ひょう「バッドデイ」

黒ひょう

本名・伊波祥子（いは・しょうこ）
1974年生まれ。宜野湾市出身。
沖縄国際大学短期大学部国文科卒。現在会社員、２児の母。
2012年「流れ星のリュウ」が第24回琉球新報児童文学賞（短編小説部門）受賞。同年「アキラという風に乗る」がおきなわ文学賞小説部門佳作、2014年「背中と手」で同賞随筆部門佳作（以上、本名による応募）。

バッドデイ　　　　　　　　　　　　タイムス文芸叢書 005

2016年1月19日　　第1刷発行

著　者　　黒ひょう
発行者　　上原徹
発行所　　沖縄タイムス社
〒900-8678　沖縄県那覇市久茂地2−2−2
出版部　098−860−3591
www.okinawatimes.co.jp
印刷所　　文進印刷

ISBN978-4-87127-227-8　　Rrinted in Japan